UN
PROSCRIT

DE

DÉCEMBRE

Par C. FRANC.

Si succiderit de genu, pugnat. »
(Devise de M. Léopold DELORD.)

G. & R.

CAHORS

GIRMA, libraire, boulev. Nord.

PÉRIGUEUX

Mme Vve REQUIER, libraire, cours Michel-Montaigne.

1871.

A la mémoire de Mme Léopold DELORD,

A M. Léopold DELORD,

A sa digne famille.

Hommage du plus profond respect de l'auteur.

Ch. FRANC.

« La liberté est un bien si précieux qu'elle vaut bien la peine d'être achetée un peu cher ; si elle ne peut l'être qu'au prix de beaucoup de mécomptes, de beaucoup de sacrifices, de beaucoup de peines, nous ne l'en aimerons que mieux.......

« . . . . . Il y a quelque chose encore de plus grand, de plus beau, selon moi, que de posséder la liberté, c'est de la conquérir, ou du moins de préparer sa conquête, de se dévouer à cette œuvre ; c'est d'inscrire son nom, quelque obscur et humble qu'il soit, parmi les précurseurs de l'affranchissement intellectuel et social de son pays. »

Ch. DE MONTALEMBERT.

J'adresse ces quelques pages aux habitants du département du Lot, parce qu'ils ont été plus que d'autres victimes de la calomnie la plus noire, des préjugés les plus invétérés et les plus funestes.

Nul plus que moi ne respecte les opinions d'autrui, surtout quand elles sont basées sur des convictions profondes. Ce n'est donc pas une lutte que j'engage ; ce serait insulter à mes compatriotes que de prétendre faire changer leurs convictions.

J'ai un double but en écrivant ces lignes : 1° faire connaître en peu de mots M. Delord, non pas tel que l'ont dépeint ses ennemis, mais tel qu'il est ; 2° exposer aussi brièvement ma manière de voir sur le gouvernement du pays par le pays.

Je déclare que je n'aborderai pas la question trop brûlante de la légitimité du pouvoir. Mais, prenant la France dans l'état malheureux où l'ont réduite les caprices du pouvoir absolu, je me propose de mettre dans son véritable jour la cause que défend depuis longtemps l'honorable M. Delord.

On s'étonnera peut-être que je m'étende assez longuement sur sa famille. Mais, la haine ayant calomnié tous ses membres, je crois qu'il est de mon devoir de faire connaître la vérité.

Pour qu'il ne soit pas possible de douter des faits que j'exposerai, j'en appelle au témoignage de tous les honnêtes gens qui connaissent M. Delord et sa respectable famille.

Ses amis, et les personnes qui savent lui accorder l'estime qui lui est due, aimeront peut-être à lire cette esquisse rapide. Tous y trouveront la vérité sur son compte. Ils aiment trop la vérité, j'en suis persuadé, pour ne pas lui faire bon accueil, lors même qu'elle se présente à eux sous un aspect peu agréable.

Quant à ceux qui voudront rester sciemment dans l'erreur, je leur dirai avec Bossuet : « La destinée ordinaire de ceux qui refusent de prêter l'oreille à la vérité est d'être entraînés à leur perte par des prophètes trompeurs. »

N. B. — L'auteur croit devoir prévenir ses lecteurs que cette brochure ayant été écrite avant les élections, il consulta un des parents de M. Delord, pour s'informer si le proscrit en autoriserait la publication. Il fut répondu que M. Delord, ayant toujours blâmé chez les autres les moyens de propagande, il ne les accepterait pas pour lui-même. Bien que ces lignes n'eussent d'autre but que de rendre témoignage à la vérité et non la propagande électorale, je me suis abstenu de les publier jusqu'à ce jour. Tout en admirant la digne conduite de M. Delord, je ne crois pas avoir de raison d'en retarder plus longtemps la publication.

UN
PROSCRIT DE DÉCEMBRE

« Une âme un peu haute aime à lutter
» contre le mauvais destin; le combat lui
» plaît sans la victoire.

» VAUVENARGUES. »

C'était la nuit du 2 au 3 décembre. Avec l'audace de sa famille, un aventurier qui, dans les Romagnes, à Strasbourg et à Boulogne, avait versé le sang français, venait de dissoudre l'Assemblée nationale. Le peuple devait être consulté pour la forme. Mais déjà toutes les mesures étaient prises pour assurer le succès du coup d'État.

Une pluie fine et glacée fouettait l'air. Le vent soufflait avec violence. Les chemins étaient mauvais et la nuit sombre. Un charretier, parti à la nuit tombante de Cahors, frappait en grelottant ses chevaux, peu habitués à traîner d'un pas aussi rapide le lourd véhicule. L'équipage allait bon train et cependant le conducteur n'était pas satisfait. Il avait hâte d'arriver. En traversant un petit village du Quercy, il apprit que deux gendarmes à cheval venaient de passer au galop. Le paysan pressa encore la marche de ses chevaux.

Après avoir souvent pesté contre le temps, la route et

son équipage, il arriva mouillé jusqu'aux os à Frayssi-net-le-Gélat.

Il mit, sans bruit, son attelage à l'abri, et se dirigea en toute hâte vers le château de Pechfumat, résidence de M. Léopold Delord.

Que pouvait vouloir cet homme à une heure indue de la nuit? Il eût été sans doute inutile de chercher à lui arracher son secret. Pour agir avec plus de mystère encore, dans une de ces phases politiques où toute démarche est suspecte, cet homme s'était chargé de plusieurs sacs vides et, armé d'un long bâton noueux, il pénétra dans la cour du château. Il n'entendait que le bruit du vent dans les grands arbres; tout dormait au Pechfumat. Sans présomption aussi bien que sans crainte, le mysté-rieux personnage s'avançait résolument quand il se sentit saisi au collet et interpellé. Sans se déconcerter, le pay-san repousse son agresseur, mais bientôt il entend le bruit d'une arme à feu. Le pistolet sur la gorge, force lui est de répondre à un agent de la force publique qui lui demande qui il est et où il va.

— Qui je suis? s'écria le charretier avec un juron, vous devez me connaître. Je viens prendre des denrées que je dois transporter cette nuit même à Cahors.

— Parlez à voix basse, réplique le gendarme, sans quitter son homme.

Mais le charretier, qui voulait surtout être entendu des domestiques du château, reprit en élevant encore sa grosse voix :

— Vous me prenez donc pour un voleur !... Vous vou-lez m'empêcher de gagner ma vie !... Il faut que je parle à l'homme d'affaires de M. Delord?... N'insistez pas, car ma patience est à bout; la nuit est sombre et mon bâton est de chêne; prenez garde à vous!...

Tandis que l'intrépide paysan proférait ces menaçantes paroles, l'agent est secouru par ses camarades, et les domestiques éveillés en sursaut sortent tout effrayés.

Reconnu par l'homme d'affaires, le charretier est introduit. Il remet en toute hâte un message et glisse à l'oreille du domestique qu'il n'y a pas un seul instant à perdre si l'on veut sauver M. Léopold Delord.

Ce dernier s'avance et, jetant un coup d'œil rapide sur la lettre, il remercie le porteur, s'entretient un instant avec son vieux domestique et se prépare à l'exil.

Toutes les issues visibles étaient gardées par les gendarmes revenus à leur poste, mais ils ignoraient une porte souterraine; c'est par là qu'il sortit sans perdre un instant, sans adresser même un dernier adieu à son épouse, sans déposer un baiser sur le front de ses enfants, seule consolation qu'il pût emporter dans la pénible route de l'exil auquel il se condamnait.

Cependant les gendarmes prêtaient l'oreille; dès qu'ils entendirent deux hommes courir à travers champs, ils les poursuivirent; mais, grâce à l'épaisseur des ténèbres, M. Delord, suivi de son fidèle serviteur, put gagner un bois voisin, connu dans le pays sous le nom de Pechlagarde. C'est dans ce bois que, sans abri, M. Delord dut passer la nuit et toute la journée du 3 décembre.

Déjà, cher lecteur, vous vous êtes demandé quel crime avait commis cet homme ? Peut-être même n'avez-vous pas l'honneur de le connaître; ou, si vous en avez entendu parler, c'est par ceux qui avaient intérêt à salir cette noble figure.

Je vous reproduirai ici les détails que je tiens de quelques paysans; je les crois exacts, du moins ils sont donnés sans passion politique. C'est le plus souvent chez les enfants et chez les gens simples de nos campagnes que l'on trouve la vérité.

M. Léopold Delord descend d'une famille très-ancienne, et qui, selon toutes les traditions, a de tout temps aimé le peuple, soulagé le pauvre. Son père était un avocat très-distingué. Ses conseils avaient force de loi aux cours royales de Toulouse et de Bordeaux. Modeste autant que savant, il aimait la demeure de ses pères; mais sa renommée attirait dans cette campagne un grand nombre de visiteurs auquel il donnait généreusement les conseils de l'expérience et de la sagesse.

Un frère de M. Léopold Delord exerçait la médecine. Docteur d'un grand talent, il était continuellement assiégé de malades auxquels il prodiguait les soins les plus assidus; heureux d'employer sa science à secourir les pauvres, il ne leur demandait que de revenir à lui dans le besoin. Le Pechfumat était un asile béni où l'innocence poursuivie trouvait un appui et un défenseur, et le pauvre malade les secours que son état ne lui permettait pas de se procurer.

Nous pourrons remarquer plus loin que les bonnes traditions des ancêtres ne se sont point perdues dans cette famille.

Un deuxième frère de M. Léopold Delord était chef de bataillon lors de la guerre d'Italie.

Dans une des plus sérieuses batailles qui se livrèrent dans cette campagne, qui, glorieuse pour la France, n'en devait pas moins avoir des conséquences politiques très-funestes, un drapeau français avait été enlevé sous les yeux du commandant Delord. Blessé à la main, l'intrépide soldat refuse d'aller se faire panser. Il ne quittera pas son bataillon au moment où on le déshonore.

— Jusqu'à la mort, s'écrie-t-il ! » et, sans songer au sang qui coule de sa blessure et épuise ses forces, préoccupé avant tout de l'honneur de la France, il lance son cheval au milieu de la mêlée, se bat comme un lion, ressaisit son drapeau criblé de balles et, au moment où il le rend à ses soldats, un feu de peloton est dirigé sur lui. Atteint par deux coups de feu au-dessus de l'oreille gauche, le jeune héros lève les yeux au ciel et meurt au milieu de son triomphe, entre les bras de ses soldats, je dirais volontiers de ses enfants.

Sous les ordres d'un empereur aussi incapable dans l'art de la guerre que rusé en politique, le commandant Delord sut conserver son indépendance vis-à-vis du pouvoir issu du coup d'Etat et, sans sacrifier une seule idée, il put servir la France, pour laquelle il donna sa vie.

Non, je ne vous plaindrai pas, jeune héros, d'être tombé au champ d'honneur et de n'avoir pas été témoin des honteuses défaites infligées à la présomption d'un homme incapable et à un peuple trop confiant. Que d'autres, dignes d'un meilleur sort, n'ont pas eu le bonheur de mourir en un jour de victoire! Dormez en paix, en attendant le grand jour de la véritable gloire, vaillant soldat, vos parents gardent au foyer paternel, comme de précieuses reliques, vos insignes et votre épée tout ébréchée, et ceux qui combattaient sous vos ordres répètent avec un noble orgueil : « Père de tes soldats, tu tombas avec gloire ! »

M. Léopold Delord, que nous avons désigné sous le

nom de *proscrit de décembre* et que les agents de l'Empire ont tant calomnié, était avant le coup d'Etat juge au tribunal de Cahors. Sa probité, son intégrité et ses vastes connaissances aussi bien que son dévouement à la cause des malheureux, cette classe d'hommes si nombreuse en ce monde, lui avaient acquis la juste estime de tous les gens de bien, qui ne le regardaient pas à travers le prisme des préjugés si répandus dans nos campagnes et qui, grâce à la force même de la vérité, commencent enfin à se dissiper.

A côté de M. Léopold Delord il faut placer sa digne épouse, qui fut toujours son ange consolateur au milieu des luttes et des souffrances qu'il soutenait avec tant de courage pour une conviction sincère. Madame Léopold Delord était le modèle des épouses et des mères chrétiennes ; une de ces femmes enfin dont on a dit avec raison « elle était bonne » ; d'une charité sans bornes, elle nourrissait et habillait tous les hivers un grand nombre de familles pauvres. On l'a vue souvent, nous a-t-on raconté, s'épuiser de veilles pour filer, comme l'une de ses servantes, la laine qui devait vêtir l'indigent.

Elle avait surtout le don de secourir sans humilier. Qualité bien précieuse, qui centuple la valeur de l'aumône.

Souvent, l'habitant de nos campagnes rencontrait au commencement de l'hiver, au milieu des bois de pins, une dame vêtue simplement, à l'air noble, bien qu'elle ne se parât point de l'éclat emprunté dont les femmes vulgaires aiment à s'entourer. Ses trois filles l'accompagnaient ; elles marchaient péniblement à travers la neige et la glace, et, portant de leurs mains délicates des provisions de bouche, du linge ou du bois, elles allaient frapper à une pauvre chaumière où elles trouvaient gisant sur un grabat un pauvre bûcheron ou des enfants pressés autour d'une mère en pleurs et lui demandant du pain en grelottant (1).

En voyant de tels actes, peut-on assez bénir la Providence d'avoir placé auprès du pauvre de ces riches si dignes de leur fortune et qui savent si bien comprendre leur mission ! Cette mère et ses trois petits anges n'étaient-elles pas comme *ces saintes apparitions qui visitent parfois le malheureux dans sa chaumière ?...*

Le malheur est une grande école ! aussi, c'est à l'école du malheur que cette pieuse mère instruisait ses enfants. Elle leur enseignait à voir dans le pauvre un frère, et rapprochait ainsi dans leur cœur l'amour de Dieu et l'amour de la charité. Ces leçons d'une mère devaient leur servir bientôt. Bientôt en effet, trop tôt pour ses pauvres et pour sa famille, cette généreuse femme devait les quitter pour aller partager l'exil de son époux.

Il vous tarde, cher lecteur, de savoir de quel crime avait pu se rendre coupable M. Léopold Delord. Sans autre préambule, je passe à l'exposé des faits. Faites-moi l'honneur de me suivre dans cette étude des événements qui privèrent le département du Lot d'un des hommes les plus dévoués à ses intérêts.

(1) Ces faits m'ont été racontés par des témoins oculaires.
Dieu n'a pas permis que le bien que cette généreuse femme voulait cacher fût ignoré. Sa mort nous permet d'en parler sans crainte de blesser sa grande modestie. Ame généreuse, elle pratiqua toujours ce précepte évangélique : « Que votre main gauche ignore le bien que fait votre main droite. »

Une seconde fois la France faisait l'essai du gouvernement républicain. Sincère dans ses opinions comme dans toute sa conduite, M. Léopold Delord était et demeure convaincu que le gouvernement du pays par le pays est un bon gouvernement.

Louis Bonaparte, rappelé de l'exil et nommé représentant du peuple, avait adressé à la France sa profession de foi de candidat à la présidence. Son gouvernement devait être l'âge d'or de la République. Les républicains eux-mêmes crurent quelque temps à ses astucieuses paroles. Il savait si bien déguiser le fond de son âme, désireuse de pouvoir absolu !

Il avait écrit, le 27 novembre 1848 :

« Je ne suis pas un ambitieux qui rêve tantôt l'Empire et la guerre, tantôt l'application de théories subversives. Élevé dans des pays libres, à l'école du malheur, je resterai toujours fidèle aux devoirs que m'imposeront vos suffrages et les volontés de l'assemblée.

» Si j'étais nommé président, je ne reculerais devant aucun danger, devant aucun sacrifice pour défendre la société, si audacieusement attaquée; *je me dévouerais tout entier, sans arrière-pensée, à l'affermissement d'une République sage par ses lois, honnête par ses intentions, grande et forte par ses actes.*

» Je mettrais mon honneur à laisser, au bout de quatre ans, à mon successeur, le pouvoir affermi, *la liberté intacte*, un progrès réel accompli... »

Je défie MM. Rouher ou Ollivier de mieux tourner une phrase pour tromper leur monde. Avocat, Louis Bonaparte eût bien fait son chemin !...

Ce n'est pas ici le lieu de faire ressortir le contraste frappant qui existe entre les paroles du représentant du peuple et les actes du maître absolu. L'histoire, un jour, révèlera la vérité sans haine et sans passion. Qu'il me suffise de faire remarquer que le parjure a été applaudi et que les hommes fidèles à leur foi politique ont été victimes de leur fidélité.

Est-elle libre la nation où des honnêtes citoyens ne peuvent ni vivre, ni professer leurs opinions? Je vous le demande, hommes de l'Empire, répondez donc d'abord avant de calomnier!...

Pouvait-il insulter davantage à la nation, cet ambitieux? Ne lui jetait-il pas l'outrage à la face en écrivant ces lignes : « *Je me dévouerais tout entier*, *sans arrière-pensée, à l'affermissement d'une République sage par ses lois, honnête par ses intentions, grande et forte par ses actes?* »

Il ajoutait encore : « La République doit être généreuse et avoir foi dans son avenir : aussi, moi qui ai connu l'exil et la captivité, j'appelle de tous mes vœux le jour où la patrie pourra sans danger *faire cesser toutes les proscriptions et effacer les dernières traces de nos discordes civiles.* »

L'homme qui écrivait ces lignes devait, trois ans après, peupler Cayenne de malheureux déportés, faire emporter à Mazas ou à Ste-Pélagie, dans les mêmes voitures cellulaires, légitimistes, orléanistes, républicains, tous députés déclarés inviolables, et forcer enfin à l'exil des citoyens paisibles et innocents!!...

Homme d'honneur avant tout, fidèle à sa parole, M. Delord ne supposait pas que le président de la République française dût manquer au plus solennel des serments.

Qu'advint-il ? Le parjure triompha et l'homme d'honneur prit la route de l'exil.

Tout son crime fut de n'avoir pas voulu brûler un grain d'encens en l'honneur de César.

Pour la gloire de ma patrie, j'aime à constater que beaucoup d'hommes de mérite surent préférer l'exil, l'éloignement des affaires à la honteuse volte-face. Tous reçurent même récompense : la prison, l'exil, la déportation ; le César moderne proscrivait par centaines !

Sans doute M. Léopold Delord aurait pu rester dans sa patrie. Bien plus il eût pu obtenir des titres, des dignités ; mais il avait des idées qu'il n'aurait pas sacrifiées à celles de l'empereur, des sentiments qu'il voulait conserver nobles et purs, des intérêts, qui étaient ceux du peuple et qu'il mettait au-dessus des intérêts bonapartistes. Or, comme l'a dit un grand polémiste (qui parlait ainsi de Napoléon Ier, et dont les paroles peignent bien le caractère de son neveu), ce que l'empereur demandait avant tout, c'est le sacrifice de toutes les idées aux siennes, de tous les intérêts aux siens, de tous les sentiments à un seul sentiment, le dévouement aveugle, inconditionnel, absolu à son pouvoir, à ses pensées, à sa personne.

C'est, à la vérité, à cette seule condition que l'on peut être obéi jusque dans ses moindres caprices. La dictature pour vivre ne doit pas être discutée : un sénat servile, une tribune muette, des écrivains vendus, voilà ce qu'il lui faut et ce qu'elle trouve malheureusement toujours.

M. Léopold Delord n'aurait donc eu qu'un sacrifice à faire à la paix, et il aurait été riche, honoré, puissant. Mais un homme qui a conscience de sa dignité, ne peut pas faire ce sacrifice ; il ne peut pas sans abdiquer rompre avec un passé qui n'a pas été exempt de luttes et qui a eu ses gloires. Persuadé qu'il combattait pour la justice et pour la patrie, M. Delord ne devait pas se tenir pour vaincu. Méprisant les vains honneurs d'un jour, offerts par une main teinte de sang français, fier de son indépendance, il voulait pouvoir dire la vérité, servir son pays malgré lui.

Des deux voies qui s'ouvraient devant lui, M. Delord choisit avec courage celle de l'exil, laissant aux âmes moins sincères ou moins fermes dans leurs opinions la voie des honneurs et de la fortune.

Quoi qu'en puissent penser ceux qui ne comprennent le prix d'une conviction qu'aux rentes qu'elle rapporte, M. Delord dans son exil était bien plus digne, bien plus grand, je dirai même plus heureux que ceux qui allaient faire antichambre à l'Elysée, en attendant de monter en rampant les degrés des Tuileries. Car il emportait avec lui, pour récompense de ses services, l'estime de ceux qui le connaissent. Cette estime si bien méritée, l'amitié qui lui resta fidèle dans le malheur, furent le charme de ses peines et un encouragement pour la lutte.

Victime de la calomnie et de l'ingratitude autant que de la force, M. Léopold Delord ne sera bien connu que lorsqu'on regrettera ses grandes qualités.

Pour lui, selon le mot d'un trop célèbre orateur, il ne doit attendre sa moisson, sa destinée, la seule qui l'intéresse, la destinée de son nom, que du temps, ce juge incorruptible qui fait justice à tous.

Qu'on n'ait pas compris ce grand caractère, je n'en suis pas étonné; l'homme est faillible, et l'appât de vains honneurs ou quelques poignées d'or lui font commettre bien des fautes; et je déclare qu'aux époques de déca-

dence où les caractères baissent, c'est avoir une grande
âme que de préférer l'exil aux richesses, aux honneurs,
en se consolant par ces mots du poëte :

« L'air de la servitude est trop pesant pour moi. »

Les personnes qui se laissent surtout frapper par un
vain *decorum*, qui ont vu quelques progrès matériels
sous l'Empire, ne comprennent pas ce mot de servitude ;
on les excuse. Sans doute, depuis quelques années, s'il
ne s'agit que du progrès matériel, on peut affirmer que
nous ne sommes point en décadence. Combien nous sommes loin cependant de l'Angleterre, des Etats-Unis ! Et
le département du Lot surtout, qu'a-t-on fait pour lui
depuis l'empire? qu'ont obtenu pour lui ses députés ?
Je ne veux accuser personne ; mais, examinant l'état
du département en 48 et en 71, je me demande
ce qu'il y a de changé : une ligne de chemin de
fer d'un parcours de 40 kilomètres environ relie la capitale du Quercy à l'Agenais, une autre passe à l'autre
extrémité du département, et c'est tout ; le Lot n'en est
ni plus navigable en été, ni moins terrible dans ses inon-
dations. L'industrie végète chez nous. Le vin, les céréa-
les se sont bien vendus pendant quelques années, et c'est
ce qui a séduit nos propriétaires ; aussi ont-ils la bonho-
mie de croire que, sans un Bonaparte, le petit propriétaire ne sera rien : que la République ne nous donnera
pas de jours prospères. Comme si la forme du gouvernement importait plus que l'ordre et la paix pour le com-
merçant et le propriétaire ; comme si l'ordre ne pouvait
régner en France sans les Bonaparte, qui doivent tout ce
qu'ils sont aux révolutions de 89 et de 48 !
Enfin, je vous accorde que, depuis le coup d'État, la

France a marché d'un grand pas, et qu'elle a fait de grands progrès matériels. Mais est-ce là le vrai progrès, le progrès qui donne aux nations des garanties solides d'existence et de grandeur ? Qui oserait répondre affirmativement ? Non, malgré les apparences de grandeur et de richesse, en dépit de notre luxe et de ces progrès matériels que nous faisons sonner si haut, la France ne vivait pas, ou plutôt il y avait en elle la vie qui apparaît dans un cadavre qu'on galvanise. Les faits, cher lecteur, les faits sont là pour le prouver ; et on ne discute point les faits. Sommes-nous, depuis vingt ans, plus dignes, plus fermes, plus laborieux, plus dévoués, plus honnêtes, plus moraux, meilleurs enfin qu'avant cette époque ? Je ne crois pas que l'on puisse sérieusement donner une réponse affirmative. Et avec tout ce prétendu progrès dû au *grand monarque*, la France est-elle la première des nations ? Assurément non. Je ne voudrais pas paraître moins épris de la gloire de ma patrie que tout autre, mais je ne puis taire ce que je crois être la vérité. Donc, qu'on le veuille ou non, la France n'a pas, depuis l'Empire, marché vers le vrai progrès ; elle a été toujours, au contraire, en pleine décadence. Ah ! c'est qu'il y a entre le progrès matériel et le progrès moral une grande différence. Et l'histoire montre, à toutes les époques, des nations plus policées, plus industrieuses, plus guerrières que d'autres et cependant plus dégradées.

Et il n'est pas rare de rencontrer, comme le disait naguère un homme de vénérée mémoire, il n'est pas rare de rencontrer à une même époque et dans un même peuple le progrès matériel et la décadence humaine ; l'homme régnant sur la matière et la matière régnant sur l'homme.

Voilà, ajouterai-je, voilà le spectacle qu'offre la France de nos jours. Osez donc encore nous parler des grands bienfaits de l'Empire. Corruption des mœurs, mépris de la religion, de la morale, abaissement des caractères, corruption électorale, augmentation des imimpôts : voilà le bilan de l'Empire.

Mais, c'est assez ; les passions sont trop excitées encore pour juger froidement et complétement cette période de notre histoire ; taisons-nous donc, et faisons des vœux pour qu'il nous soit donné de voir la résurrection de cette chère France, sans laquelle M. le comte de Maistre ne comprenait pas le monde.

Faisons des vœux pour que nous n'ayons plus de ces gouvernements sans contrôle, de ces gouvernements qui veulent réduire le peuple à ne souhaiter que du pain et des jeux, à l'instar des Romains de la décadence : *Panem et circenses.* Espérons que si la France a eu son moment d'atonie, elle se réveillera, et, s'administrant elle-même avec sagesse, elle reprendra la place qu'elle n'aurait jamais dû cesser d'occuper, et s'acquittera des grandes missions que la Providence lui assigne dans le monde !

Malheureusement, dans le midi de la France et dans le département du Lot surtout, on ne comprend pas assez les intérêts généraux de la nation. Cultivateurs pour la plupart, ses habitants sont assez portés à ne voir la patrie que dans leur petit coin de terre. Par position géographique, placés loin du théâtre ordinaire de la guerre, nos paysans sont peu belliqueux ; aussi apportent-ils en politique un flegme digne des Anglais ; conservateurs quand même, peu leur importe qui les gouverne. Promettez-leur beaucoup, sauf à tenir bien peu ; vous aurez tous leurs suffrages , feriez-vous d'ailleurs un plébiscite tous les mois. N'essayez pas de leur montrer le mal qu'a fait l'Empire , vous prêcheriez dans le désert : car ils ont bien vendu leurs denrées, et cela leur suffit. Il n'entrera probablement jamais dans leur tête que, gouvernée par ses députés, la France donnera la même extension au commerce, fera la même consommation.

J'avoue que je marche sur des charbons ardents ; mais j'ai des vérités à dire , je les dirai sans en être ému , sans crainte et sans passion : pourquoi n'en serait-il pas ainsi, je suis enfant du Quercy.

S'arrêter à ces quelques mots sur les habitants du département du Lot, ce serait laisser le tableau inachevé, poursuivons donc :

On serait peut-être tenté de croire l'habitant de nos campagnes dépourvu de grandes et nobles qualités. Bon , généreux , hospitalier , chrétien , de mœurs simples, intelligent, spirituel même dans son idiôme (qui, soit dit en passant, lui sert très mal à parler le français) ; il comprendrait très-bien un bon raisonnement, car il ne manque pas de logique naturelle ; mais il a des préjugés et il écoute trop facilement les gens vendus au pouvoir. Lorsqu'un préjugé est entré dans la tête d'un Quercynois , il est aussi tenace que le chêne de ses antiques forêts.

Quoiqu'il ne soit point belliqueux par caractère , l'enfant du Quercy est bon soldat ; au milieu de la mêlée , il fait souvent des prodiges de valeur. Il est d'ailleurs le fantassin par excellence. Et l'homme qui a versé tant de sang qu'on n'en reviendrait pas d'étonnement si le doigt de Dieu n'était là, le grand homme de guerre disait des enfants du Quercy : « Ils ont le cœur d'une mère et le cœur d'un lion. »

Si la mitraille l'épargne, le Quercynois se hâte de rentrer dans ses foyers pour y reprendre la vie des champs, ce dont je ne le blâmerai jamais, et pour y continuer les traditions de famille. Il ne comprendra pas mieux que son aïeul qu'on peut être partisan de la forme républicaine, sans être par le fait même un révolutionnaire dans le sens le plus effrayant qu'il donne à ce mot, un *partageux*, un terroriste enfin. Du reste, s'il ne le dit pas, du moins ce qui est pire, il pratique sans s'en douter la morale de ce vers célèbre :

La raison du plus fort est toujours la meilleure.

C'est ce qui explique la conduite d'un grand nombre de bons paysans à l'égard des vaincus de 1851 et de M. Delord en particulier. On sera peut-être étonné, et M. Delord le premier sans doute, si je dis que nos paysans se crurent délivrés d'un *tyran* en apprenant son exil. Funestes effets de l'ignorance et de la calomnie !

Mais nos populations simples et bonnes n'étaient pas les plus coupables, c'étaient bien plutôt les préfets *à poigne*, les agents du maître, et peut-être quelques hommes ingrats envers celui qui leur avait fait du bien. Il n'est pas rare en effet de trouver des âmes assez viles pour semer la calomnie contre un bienfaiteur, tant il est vrai qu'on ne peut servir les hommes qu'en s'exposant à leur ingratitude. Honte donc à ceux qui ont contribué à accréditer le mensonge et la calomnie ! à ceux qui ont blâmé, sans les connaître, les opinions politiques de

M. Delord et qui n'ont pas même respecté ses qualités privées !!... (1).

* *

Mais il est plus que temps, cher lecteur, de revenir à notre récit. Nous causons, vous le voyez, à bâtons rompus.

Toute la nuit, le temps fut affreux. M. Delord, plus malheureux que les pauvres qu'il soulageait, n'avait pas un abri pour sécher ses vêtements. N'avait-il point confiance dans les bons villageois des environs? Bien loin de là. Nul d'ailleurs n'aurait hésité à faire les plus grands sacrifices pour sauver leur meilleur concitoyen. Naguère encore, j'entendais dire par de bons vieillards : « Si les gendarmes avaient essayé d'arrêter M. Delord au su et au vu de tout le monde, à coup sûr, ils n'auraient pu résister à la multitude. » Mais M. Delord, fort de son innocence, préféra souffrir seul et ne point exposer ses compatriotes.

Sans doute il devait être bien incommodé, au fort de l'hiver, par une pluie devenue battante; mais quelles douleurs sont comparables aux souffrances du cœur? Il s'en allait, pauvre exilé, laissant toute une famille bien-aimée. Il n'avait pu lui faire ses derniers adieux. Il avait pu moins encore lui fixer la terre hospitalière où il pourrait se soustraire à la colère d'un inique persécuteur.

(1) Je me suis un peu attardé à peindre le paysan du Lot, mais je crois qu'on pourra plus facilement s'expliquer sa conduite dans les élections, surtout envers un candidat de l'opposition.

Je ne sais, d'ailleurs, si je me fais illusion, mais je ne crois pas avoir trop foncé le tableau.

Point d'espoir pour lui de revoir jamais sa bonne et digne épouse, ses trois anges et sa vieille mère. Pour eux aussi plus rien que les larmes et les regrets. « Car, il n'en est pas des exils que la nature prescrit comme des exils commandés par des hommes. L'oiseau n'est banni un moment que pour son bonheur; il part avec ses voisins, avec son père et sa mère, avec ses sœurs et ses frères; il ne laisse rien après lui : il emporte tout son cœur. La solitude lui a préparé le vivre et le couvert; les bois ne sont point armés contre lui; il retourne enfin mourir aux bords qui l'ont vu naître : il y retrouve le fleuve, l'arbre, le nid, le soleil paternels. Mais le mortel chassé de ses foyers y rentre-t-il jamais? Hélas!... Aussitôt qu'il est malheureux, tout le persécute; l'injustice particulière dont il est l'objet devient une injustice générale... Le ban qui l'a mis hors de son pays semble l'avoir mis hors du monde. »

M. Delord avait vu le jour paraître dans l'épaisseur du bois, et la lumière venait l'exposer à de nouveaux dangers. Il resta donc caché toute la journée du 3 décembre. Enfin, la nuit vint, nuit sombre et froide. Les ténèbres favorisaient la fuite. Rejoint par le fidèle serviteur avec lequel il était sorti du château, M. Delord s'éloigna de Frayssinet-le-Gélat.

Que de fois il se retourna vers la demeure de ses ancêtres! Peut-être aperçut-il, à la lueur de la lampe qui éclairait la salle qui leur servait d'oratoire, peut-être aperçut-il à genoux et en pleurs son épouse et ses enfants adressant au Dieu protecteur de l'innocence leurs vœux et leurs prières pour un père innocent et malheureux! Quelle force d'âme ne lui fallut-il pas pour s'éloigner de ces êtres tant aimés! De quelle vertu n'eut-il pas besoin pour approcher de ces lèvres cette coupe amère ! Il ne la rejeta point cependant et il la but en vrai républicain, en chrétien résigné.

S'il eût été de la religion de cet indomptable Caton, ce célèbre républicain de l'antiquité, M. Delord aurait pu mourir comme Caton et ne laisser au César moderne que sa dépouille mortelle. Mais il n'est pas de la religion de Caton ; il sait que si la vie est un bienfait, l'homme doit en jouir et en remercier son Créateur, et que, si parfois elle est amère, il doit l'accepter comme une expiation, et qu'il ne lui est pas permis de s'arracher à l'existence. Il sait que se donner la mort, c'est fuir lâchement : il ne fuira jamais (1). Plus grand dans ses malheurs que Caton sur la pointe de son épée, M. Delord prit avec courage la route de l'exil. Ce fut chez un de ses amis du Périgord qu'il se retira pour se reposer un peu, au sein de l'amitié, des souffrances morales plus encore que des fatigues du voyage.

Et vous, femme généreuse, quelle force ne reçûtes-vous pas d'en Haut quand vos larmes et vos prières demandaient au Ciel aide et protection dans la lutte que soutenait votre cœur, alors que partagée entre le désir de suivre dans l'exil votre époux et celui non moins fort de rester auprès de vos enfants, vous consentîtes à ne pas vous éloigner afin de ne pas compromettre le départ de M. Delord ! Ah ! sans doute, celui qui récompense même un verre d'eau froide donné en son nom ne vous abandonna pas, vous si généreuse, si charitable ! votre croix était pesante pour vos épaules ; mais, épouse et mère, vous la prîtes pleine de foi et de résignation.

(1) « Si succiderit de genu, pugnat. »

Si l'ambitieux qui causait vos peines avait eu quelque
généreux sentiment ; s'il avait fortement ressenti les
douleurs de l'exil, aurait-il imposé à une épouse, à une
mère un pareil sacrifice ! Mais qu'importaient à Bonaparte les larmes des mères et des enfants ; que lui importait que d'honnêtes et paisibles citoyens, confondus avec
quelques factieux, prissent le chemin de l'exil ou qu'ils
fussent déportés ! L'ambition parlait plus fort ; elle avait
éteint tout sentiment de pitié dans cette âme de Corse ,
si un homme qui se disant Français verse le sang des
enfants de la France a jamais connu la pitié !.......

Cependant les heures devenaient de plus en plus précieuses Tous les agents de la police publique ou privée,
celle-ci invention arrivée à la perfection complète sous
l'Empire, étaient sur pied nuit et jour et poursuivaient les
proscrits comme des malfaiteurs. La chasse à l'homme
des sauvages était imitée chez le peuple le plus civilisé
du monde.

La retraite que M. Delord devait à l'amitié ne pouvait plus longtemps le cacher. D'ailleurs, craignant toujours beaucoup plus pour les autres que pour lui-même,
M. Delord ne cédait qu'aux instances de son ami : il eût
voulu s'éloigner rapidement pour ne compromettre personne. La position était des plus critiques. Comment arriver à la frontière ? Comment se soustraire à la surveil-
lance de la police qui redoublait de zèle ? Grandes ques-
tions qui restaient toujours insolubles.

Tandis que M. Delord et son ami étaient à la recher-
che d'un moyen de salut, un homme de Dieu (1) s'était

(1) M. L'abbé D***, de Martel, à cette époque habitant Frayssinet-le-
Gélat. Depuis lors, il a habité la capitale, a été propriétaire de la *Ga-
zette de France*; et, lorsque l'armée prussienne a assiégé Paris, l'abbé

rendu au Pechfumat ; il versa sur le cœur de cette famille désolée le baume qui calme la douleur, et, rentrant chez lui, le prêtre prit une résolution généreuse. Il n'ignorait pas les dangers qu'il allait courir, les obstacles qui s'opposaient à la réalisation de son projet. Mais quel obstacle assez puissant a jamais arrêté un saint prêtre quand il a fallu sauver une âme, faire un acte de dévouement ou de charité ?

Le respectable prêtre monte dans sa calèche et se dirige sans retard vers la retraite de M. Delord. Ce voyage ne compromettrait-il pas le proscrit ? Cette visite à son ami n'éveillerait-elle pas les soupçons de la police ? Telles furent les craintes qu'inspira d'abord le vénérable prêtre dont on ne connaissait pas encore le projet.

Reçu avec bonté par l'ami hospitalier, avec joie et reconnaissance par le proscrit, le prêtre dévoué n'hésita plus à leur dévoiler son dessein : il voulait, avec ses seules ressources, mais avec sa confiance dans le protecteur des malheureux, conduire M. Delord en Espagne. Malgré les périls auxquels on s'exposait, M. Delord accepta l'offre de l'abbé D***, embrassa ses amis et prit définitivement le chemin de l'exil.

Les détails me manquent sur le temps que M. Léopold

D***, curé de la Varenne-Saint-Hilaire, a été sourd à toutes les sollicitations amicales qui lui ont été faites de revenir dans son pays natal ; il a voulu, malgré son âge avancé, rester à son poste et ne rentrer dans Paris qu'avec le dernier de ses paroissiens. Noble exemple de dévouement et de courage qui a été bien souvent imité dans cette malheureuse guerre, qui a tant montré l'égoïsme particulier de ceux qui ont inutilement versé le sang français après la fin des hostilités avec la Prusse.

Delord a passé hors de sa patrie. D'ailleurs, ils touchent trop à la vie intime de l'homme privé pour que je me reconnaisse le droit d'en instruire le public, alors même que je serais mieux renseigné. Je ne raconterai donc pas sa vie sur la terre étrangère : cela n'entre pas dans le cadre assez restreint que je me suis tracé. Une plume mieux taillée que la mienne pourra plus tard, je l'espère, en faire l'histoire complète. Nous ne jetterons donc ensemble, cher lecteur, qu'un coup-d'œil furtif sur cette époque de son existence, dont la délicatesse voile à nos yeux les généreux sacrifices et les grandes vertus.

M. Delord se rendit à Bruxelles, à Porto-Rico, où il séjourna quelque temps, toujours malheureux, mais toujours grand, sachant s'élever par sa force d'âme au-dessus des maux qui le frappaient.

Son épouse le rejoignit dans l'exil. Pendant quelque temps le pain de l'étranger parut moins amer. M. Delord eut un fils, qui ne devait pas, hélas ! réjouir ses vieux jours ! un double deuil rentra bientôt dans la maison du proscrit ; car celle qui avait partagé ses joies et surtout ses douleurs, qui avait, par ses nobles qualités et sa pieuse tendresse, adouci l'amertume de son exil, succomba bientôt aux ardeurs d'un climat brûlant, et M. Delord sembla n'avoir connu quelques jours de bonheur que pour être plus malheureux et plus isolé !...

Oh ! je demande bien pardon à M. Léopold Delord de lui rappeler un souvenir bien pénible pour son cœur d'époux et de père ; mais je voudrais bien faire sentir à ceux qui ont applaudi à son exil combien ils furent trompés ou coupables. En voyant les malheurs causés dans tant de familles pour la satisfaction de l'ambition d'un seul homme, ne serait-on pas tenté de le maudire ? Mais le généreux caractère du proscrit de Décembre, la mémoire douce et vénérée de Mme Léopold Delord, ne nous permettent pas d'attirer sur cette tête, pourtant bien coupable, les malédictions divines.

On dirait, à les voir agir, que le pouvoir n'est donné aux chefs des peuples que pour en abuser. Parce qu'ils sauront l'art de tyranniser en secret, seront-ils moins tyrans? Et tous ces petits tyranneaux de bas étage qui, pour plaire au maître, dont ils étaient les vils stipendiés, ont insulté au malheur des proscrits fidèles à leur foi politique, sont-ils donc innocents? Et chez nous, ne pourrait-on pas trouver des gens qui ont une injustice à réparer envers l'exilé quercynois?

Pour moi, je serais heureux de n'avoir rencontré dans cette vie si bien remplie aucun jour triste et sombre. Mais, hélas! le bonheur n'est pas de ce monde.

Quoi qu'il en soit, je puis dire, en toute sincérité, que le noble exilé ne m'a jamais paru plus grand, plus digne de l'admiration de ses ennemis eux-mêmes que dans les terribles épreuves qu'il a traversées.

Au milieu d'un siècle témoin de tant de défections, qu'il est consolant de trouver une de ses grandes figures que l'antiquité connaissait mieux que les temps contemporains, un de ces hommes au caractère fortement trempé, une de ces natures chevaleresques qui rappellent les plus beaux jours de notre histoire! Un de ces hommes que ne peuvent corrompre ni les promesses, ni l'or du triomphateur, qu'on ne voit jamais attelés à son char et que l'adversité ne peut abattre! Un de ces hommes enfin qui combattent encore quand ils sont renversés dans la poussière, n'ayant plus qu'un tronçon d'épée à opposer aux milliers de lances des vainqueurs, et qui, forts de leur

innocence, montrent au tyran un visage calme et mena-
çant à la fois, dont il ne peut supporter la vue. « *Si succiderit de genu, pugnat.* »

Notre siècle est bien mauvais! Sans vouloir toutefois,
comme le poëte, louer à tout propos le temps passé, je
crois pouvoir affirmer que nous n'avons pas le droit de
méconnaître la supériorité de nos pères. Sans doute, ils
étaient moins mathématiciens, moins industrieux que le
nôtre, les siècles qui ne sont plus, mais on y rencontrait
en grand nombre des hommes fidèles à leur parole, des
hommes qui savaient souffrir et mourir pour une idée,
pour leur foi politique Dans ce passé si honni, tout n'est
pourtant pas à dédaigner, l'Europe sut alors marcher à
la conquête d'un tombeau, et l'on vit les descendants des
plus illustres familles arroser de leur sang la plage
africaine et porter à toutes les causes vraiment grandes
le secours de leurs bras. La Ligue trouva dans Paris assez
de dévouement pour supporter les horreurs d'un siége
plutôt que d'ouvrir les portes de la capitale à un roi hé-
rétique. Dût-on passer pour un demeurant d'un autre
âge, on a le droit de citer des faits. Aujourd'hui où sont
ces grandes âmes? De loin en loin, quelques-unes savent
répéter le beau mot de Cavaignac : « Bonheur passe,
honneur reste! » mais on peut dire avec le poëte de
Mantoue, dans un sens différent :

Apparent rari nantes in gurgito vasto.

Oui, bien peu d'hommes résistent à l'épreuve. Bien
peu restent fidèles et luttent avec énergie contre le gouf-
fre qui en entraîne tant d'autres à leurs côtés. Berryer,
Montalembert, Cavaignac sont sans contredit de bien

grandes figures; faisant taire toute passion politique ; à
quelque parti que l'on appartienne, on doit leur rendre
l'hommage qui leur est dû.

A côté de ces grands hommes, je ne crois pas exagé-
rer en plaçant M. Delord. Sans doute, sa vie n'a pas eu
un aussi vaste théâtre, mais elle a été plus éprouvée ; la
scène, d'ailleurs, peut bien grandir l'acteur, mais elle
n'en fait pas le mérite.

Quelque temps après, M. Delord se rendit à Constan-
tinople, où il eut le bonheur de réunir une partie de sa
famille. M. Éloi Béral, son gendre, que nous avons eu
depuis pour préfet du Lot et dont on a constaté la sage ad-
ministration, devint plus tard ingénieur des mines dans
la capitale de la Turquie. Les jours de l'exilé furent
désormais moins tristes. Il voyait sous ses yeux se former
une nouvelle famille : bientôt ses deux autres filles devaient donner leur main, l'une à M. Edmond Béral,
frère de l'ex-préfet, capitaine de génie ; l'autre à M.
Salat, chirurgien-major de l'armée. Aux joies de la famille se joignaient les splendeurs d'un ciel magnifique.
L'antique Bysance lui montrait ses palais superbes et ses
minarets au dôme resplendissant. Une nature féconde
charmait ses regards par la variété des plantes des tro-
piques ; dans le port de Stamboul, il voyait flotter au
souffle de la brise les pavillons de toutes les nations du
monde. Cependant, les palais du Grand-Turc, les riches
mosquées de Mahomet, les bois d'orangers ne pouvaient
lui faire oublier ni les chaumières. ni l'église de son

village, ni les bois de pins qui entourent sa maison paternelle d'une ceinture toujours verte.

Il ne pouvait pas oublier surtout que le gouvernement français faisait fausse voie et qu'il allait précipiter la nation dans un abîme immense que le règne du favoritisme creusait chaque jour à ses pieds. Hélas ! ses prévisions ne se sont que trop accomplies. La France est tombée bien bas ; l'histoire ne nous montre aucune phase aussi triste pour elle. Fatale destinée des Bonaparte ! Leur chute ne semble-t-elle pas providentielle ? Dieu ne veut-il pas punir la nation de leur avoir donné le trône pendant deux fois ? Et cependant il y a des gens de bonne foi qui voteraient encore aveuglément pour eux. N'y aurait-il donc pas assez de milliers d'hommes tombés sur tous les champs de bataille de l'Europe pour assouvir une ambition personnelle ; n'est-ce pas assez d'avoir vu deux fois l'étranger souiller le sol de la France et secouer son manteau d'hiver sur les dalles de nos monuments ? N'est-ce pas assez d'une dette accrue de quinze milliards ? Quand donc connaîtrons-nous nos véritables intérêts ? Comme nous ne pouvons pas nier les malheurs de la France, nous en accusons la République, alors qu'elle n'a pu encore administrer librement ; nous ne remarquons pas qu'elle ne nous est donnée que lorsque la France est épuisée, et quand les plus grands sacrifices sont nécessaires pour sauver la patrie. Nous ne savons pas assez discerner entre la forme républicaine et la révolution avec ses conséquences les plus redoutables. Liberté et licence sont pour beaucoup d'entre nous à peu près synonymes. Cependant la République n'est pas la Révolution, elle en est l'ennemie ; si elle naît de la Révolution, elle ne peut vivre qu'en reniant sa mère ;

jamais on n'a vu un véritable ami de la République derrière les barricades. Et quoi qu'en pensent les partis, la véritable République n'aurait-elle pas d'autre titre à nos yeux, « est, de tous les gouvernements, celui qui nous divise le moins. » (1) La véritable République, c'est enfin « le règne de la loi. » (2)

Quant à la liberté, voici comment on doit l'entendre : « La liberté considérée au vrai, considérée dans ses résultats, qu'est-ce, messieurs ? C'est tout simplement le pays faisant ses affaires lui-même, et la liberté est ainsi le plus vaste champ ouvert à l'activité d'une nation. Elle fait ses affaires, elle se les voit faire, elle est à la fois acteur et spectateur (3). » La Liberté et la République, telle que je la comprends, suivent une même voie ; la Révolution et la licence sont deux sœurs jumelles qui ne marchent jamais l'une sans l'autre. Sans doute, au milieu des républicains se glissent des révolutionnaires purs, des socialistes, des communistes, etc. ; mais on sait fort bien que de pareilles gens ne se trouvent guère plus à l'aise dans une République d'ordre que dans une monarchie, et il faut avoir la prudence de ne pas con-

_____

(1) A. Thiers. — Discours sur la décentralisation de l'enseignement.

(2) Qu'est-ce à dire ? Est-ce le règne de toute loi ? Ce ne serait pas là une grande garantie ; car la loi peut autoriser bien des crimes, tout dépend de la moralité du législateur ; on peut, en effet, au nom du peuple souverain, porter la loi des suspects, de la confiscation des biens et toutes les lois de 93. La Commune de Paris, qui prétend personnifier en quelques bandits le peuple souverain, nous a donné des preuves de la garantie que donnerait aux habitants des provinces un pareil régime. La véritable République sera donc le règne de toute loi conforme aux institutions, aux mœurs, à la religion du pays.

(3) M. Thiers. — Disc. sur les affaires d'Allemagne et d'Italie.

fondre dans une même réprobation, et ceux qui sont partisans de la forme républicaine, et ceux qui ne demandent la République que comme un moyen d'appliquer leurs théories subversives. Mais, me direz-vous, comment les reconnaître? Tous crient vive la République! C'est vrai; de même Robespierre, Marat et tous les autres de leur espèce, criaient vive la liberté; mais aux fruits vous reconnaîtrez l'arbre; car les vrais républicains demandent la liberté pour tous, le respect des personnes et des biens; « les factieux, au contraire, sous quelque bannière qu'ils marchent, sous quelque nom qu'ils se déguisent, cherchent dans la liberté le privilége pour eux-mêmes et celui de la servitude pour les autres. » (1)

Aujourd'hui, presque toute l'Europe tend à la démocratie. Mais je suis loin de croire que la guerre déclarée au pouvoir absolu soit la guerre déclarée à Dieu, à l'honneur, à la propriété. Mille fois la mort plutôt que d'obéir à un gouvernement qui aurait un pareil programme. La démocratie est composée d'éléments hétérogènes; s'il y a des gens sans foi ni loi dans ses rangs, il y a des gens de bien, des gens bien intentionnés et qui, soupçonnés d'aspirer au pouvoir, pourraient répondre fièrement : *Moriamur in simplicitate nostrá.* C'est à ceux-là de concourir de toute leur âme à la mission de la République, c'est à eux à faire respecter les mœurs, les usages, la religion, à montrer par une conduite toujours digne qu'ils n'ont rien de commun avec les utopistes qui croient pouvoir gouverner un peuple avec des abstractions.

Mgr. Affre — N° du 9-12 octobre 1821, de la *France chrétienne.*

Voici du reste les conseils que donnait naguère un journal peu suspecté d'aristocratie, le *Siècle ;* décidément il devient sage (1) : « Pour fonder la République, dit ce journal, il faut des mœurs et des institutions républicaines ; il faut du bon sens, du sang-froid ; il faut le calme dans la cité, la confiance dans les campagnes. Il faut l'ordre partout, non point l'ordre imposé par les baïonnettes, mais l'ordre volontaire, résultant de cette discipline morale que tous les bons citoyens s'imposent à eux-mêmes dans l'intérêt de tous et de chacun. On ne fonde point les républiques avec des cris, avec des discours, avec des déclamations stériles, avec des passions, des rivalités et des rancunes plus ou moins personnelles, avec des ambitions ou des vanités cachées sous le masque du bien public.

» Non, les violences et les discussions ne fondent point les républiques ; elles les détruisent ; elles les rendent impossibles, car elles en font un objet d'effroi et de répulsion pour la masse des citoyens.

» Après de si cruelles expériences, les républicains ne peuvent ignorer que si nous voulons que la République triomphe et que la France soit sauvée avec elle et par elle, il faut que nous sachions gagner à sa cause la nation tout entière. Selon nous, le gouvernement républicain est celui qui nous unit le mieux et qui, sous l'égide de toutes les libertés, concourt le plus au développement de la prospérité publique. »

Vous voyez, cher lecteur, ce que doit être la République, même d'après le *Siècle*. Voyons maintenant

(1) Voir ce passage reproduit dans l'*Indépendant du Lot*, numéro du 12 mars 1871.

comment les agents de l'Empire traitaient ceux qui la désirent. Ayant entendu résumer ainsi, par une personne qui ne croyait point calomnier, les opinions de M. Delord :

Plus de trône, plus d'autel!

ne dois-je pas faire mes efforts pour faire jaillir la vérité du milieu des erreurs qui la voilent aux gens de bonne foi? Longtemps, j'avais eu la simplicité de croire que la haine des bonapartistes contre M. Delord était tombée définitivement depuis son exil. Hélas! je me trompais bien! j'ai entendu de mes propres oreilles la plus noire calomnie proférée contre lui. Je ne la répèterai pas ici; je crois en avoir fait justice de vive voix, et l'argument a été bon. Il est des paroles qu'on ne laisse pas répéter si on a une goutte de sang dans les veines. Je ne sais pas assurément tous les motifs qui ont pu pousser bien des gens à calomnier M. Delord; cependant je puis affirmer que les uns ont agi ainsi par crainte du maître, les autres par ignorance, les derniers enfin par haine de la République; car il ne faut pas se dissimuler qu'il y a des gens « qui ont résolu, à défaut d'autre moyen, de chercher à rendre la République impossible, en calomniant tout citoyen qui se dévoue pour la défendre. »

Ils ont donc employé tous les moyens pour tromper le peuple et se tromper eux-mêmes, fidèles aux préceptes de Voltaire : « Mentez, mentez, il en reste toujours quelque chose. » Ils ont menti, ils ont calomnié, journaux, placards ignobles, couleur de sang, frappant de terreur nos bonnes populations par l'image de la guillotine traînée par M. Delord; ils l'ont accusé d'être révolutionnaire, *partageux*, etc. Ils ont dit cela de l'homme qui a toujours recommandé le bon ordre et le respect des lois. Ils l'ont dit du meilleur ami du peuple qui souffre !... Mais passons sur ces déplorables excès d'une haine impuissante aujourd'hui à tromper quiconque aime et cherche sincèrement la vérité.

Je l'avoue, M. Delord a été un *partageux*, en ce sens que jamais le pauvre n'a frappé en vain à sa porte. Il a été un révolutionnaire, c'est-à-dire qu'il aurait voulu et qu'il veut encore supprimer un grand nombre d'abus, diminuer le plus possible les impôts qui écrasent le peuple. Non qu'il soit un de ces utopistes qui, dans leur cerveau, fondent une République sans impôts et sans soldats, comptant sur la paix universelle alors qu'ils ne peuvent pas souvent l'avoir dans leur ménage. Non, une République ne peut pas subsister sans troupes et sans argent ; mais, de tous les gouvernements, c'est celui qui doit en employer le moins et laisser les fonds au commerce, à l'agriculture, à l'industrie et les jeunes gens dans les champs, sauf quelques exceptions.

M. Delord a été révolutionnaire en ce sens qu'il a toujours voulu le gouvernement de la France par elle-même, non pas par des clubs ou par des mandataires recevant le mot d'ordre de ces clubs et rivalisant d'audace et de cruauté, mais par des assemblées sages, sous la présidence d'un homme dévoué à son pays.

Tel a été M. Delord, et par ce qu'il a été on peut déjà juger ce qu'il sera. *Qualis ab incepto.* Ce n'est pas lorsqu'ils ont tant combattu, tant souffert pour une cause que les hommes viennent mentir à leur conduite passée.

Dès qu'il eut appris que la France venait de changer la forme de son gouvernement, il acclama la République, et, dès ce moment, il fut prêt à tous les sacrifices pour servir le nouveau gouvernement. Une dépêche télégraphique fit connaître à son pays sa profession de foi de candidat à l'assemblée nationale (1).

Ses plus chères espérances, le rêve de toute sa vie se sont enfin réalisés. Il voit enfin le triomphe de la cause pour laquelle il a tant souffert. Rentré en France non pour jouir de la faveur accordée par le gouvernement provisoire aux proscrits de l'Empire, mais comme un soldat qui se rend à son poste, il n'est rien qu'il ne soit prêt à faire pour assurer la grandeur de la France et le triomphe de la liberté. Ne voulant pas devoir un bienfait à celui qui avait causé tous ses malheurs, M. Delord ne voulut point profiter de l'amnistie impériale. Il préféra vivre à l'étranger que sujet d'un parjure à son pays.

Imbu, dès son jeune âge, des idées républicaines, « grandi, comme Cavaignac, dans l'amour de la République, passionné pour le peuple, souffrant de ses misères, convaincu de la nécessité et de la possibilité d'y trouver un remède, » magistrat intègre, homme de talent et d'expérience, M. Léopold Delord joint à la prudence d'un vieillard l'activité d'un jeune homme, et présente un rare assemblage des vertus du citoyen paisible, de l'homme d'Etat et du républicain sincère. Deux mots résument ses opinions :

Ordre et liberté!

(1) Près de vingt mille voix données librement à M. Léopold Delord, aux élections du 8 février 1871, montrent assez clairement que, délivrés de la pression gouvernementale, les électeurs du Lot savent reconnaître le mérite ; espérons que les préjugés qui ont encore nui à cette candidature se dissiperont entièrement.

***

Et maintenant, cher lecteur, quel sera l'avenir de la République française ?

Dans ses *Considérations sur la France*, le comte Joseph de Maistre s'est demandé quelle serait la destinée de la Révolution de 1789. En montrant qu'elle ne pouvait point durer, il est arrivé, grâce à son esprit un peu systématique, à conclure que la République est impossible en France. C'est à juste titre que M. de Maistre est compté parmi les grands penseurs et nos meilleurs écrivains ; cependant les événements ont tant changé les usages et les idées qu'il est permis d'avoir une opinion différente de la sienne. Je ne dirai donc pas que la République est impossible en France, au contraire, je crois qu'elle peut venir à bout des grands obstacles qui s'opposent à son établissement ; mais ce que je répéterai avec le grand écrivain, c'est que si Dieu n'est de la partie, rien ne dure ici-bas. « Lui seul peut nous bénir, lui seul peut nous ouvrir une ère véritable de liberté, d'égalité et de fraternité. Sans lui, c'est en vain que vous gravez ces mots sublimes sur le front de vos monuments. Ils avaient été gravés, il y a trente siècles, sur les tables du Sinaï par un doigt plus puissant que le vôtre, et cependant les tables du Sinaï sont tombées des mains qui les portaient, et se sont brisées au pied de la montagne. C'est que leurs lois étaient écrites sur la pierre, et non dans le cœur de l'homme. N'écrivez donc pas les vôtres sur la pierre, écrivez-les avec le doigt de Dieu dans votre propre cœur, afin que de là elles parlent au cœur de tous et s'y assurent une durable immortalité (1). »

Voilà la base de tout établissement durable ; si vous ne voulez point bâtir sur du sable, appuyez-vous sur le christianisme. Respectez les institutions de la France, respectez surtout sa religion ; s'il n'en est pas ainsi, l'avenir de la République est bien compromis ; car, comme l'a bien dit Bèze, « l'Eglise reçoit les coups et ne les rend pas, mais prenez-y garde, c'est une enclume qui a usé bien des marteaux. » L'Eglise catholique, malgré ses droits, ne lui demande plus de priviléges, elle lui demande ce qu'elle ne refuse point au dernier des citoyens français, la liberté, le respect et la protection des lois.

C'est donc avec l'espoir que la nouvelle République respectera la religion de mon pays et les droits de tous, que j'aime à croire à sa prospérité et que je me dis, comme un célèbre poëte allemand, « *citoyen des temps à venir*, » persuadé que malgré les graves écarts de la liberté, il surgit des commotions de la nation libre une grande force pour le bien qui compense le mal qu'elle produit et qui est bien supérieure au calme plat des peuples où il n'y a que le commandement et l'obéissance passive.

La République a de grandes choses à faire ; celles qui réclament l'urgence me paraissent être 1o la décentralisation, non pas cette décentralisation qui morcellerait la France, mais celle qui assurerait la tranquillité publique, malgré les émeutes de Paris, qui donnerait la vie éteinte dans les provinces depuis Louis XIV, qu'on a si justement appelé le *grand niveleur* ; 2o la liberté d'enseigne-

(1) Lacordaire. — Conférences de N. D., t. II., p. 620.

ment supérieur, qui permettrait aux jeunes gens de suivre des cours privés et de se livrer à des études sérieuses
loin du tumulte des grandes villes, et qui préparerait
pour l'avenir des hommes d'ordre et des capacités réelles.
Cette considération n'est pas à dédaigner ; car jamais la
France n'a vu une telle pénurie d'hommes vraiment capables. Les grands hommes de guerre ne sont plus, les
grandes capacités scientifiques ou littéraires disparaissent,
les orateurs célèbres sont descendus dans la tombe, et
l'avenir semble ne rien promettre, sinon de petits Machiavels qui, fiers de leur brevet de bachelier, espèrent sans
travail gouverner le monde. Songez-y, vous qui aimez
la France ; quand les grands arbres meurent de vétusté,
il est plus que temps de faire de nouveaux plants, si l'on
veut avoir un jour de l'ombre et des fruits.....

Un dernier mot et c'est tout, cher lecteur ; nous aurons
probablement d'autres élections à faire dans le temps :
quelle doit être la fin que nous devons nous proposer ?
Tous les partis doivent se confondre en un seul. Quand
la France est en danger, il faut savoir sacrifier au bonheur général des affections très-légitimes pour telle ou
telle dynastie, pour tel ou tel gouvernement.

Maintenant toutes les dynasties sont dans l'exil : vos
suffrages sont libres ; si vous êtes appelé à les donner,
donnez-les en vrai Français. Êtes-vous partisan de la
monarchie ? Soyez réellement pour la monarchie de droit
divin, pour celle qui a eu bien des gloires et qui expie
depuis longtemps un moment d'oubli. Mais ne donnez
jamais, non jamais, vos votes à ces monarchies bâtardes
qui veulent pour elles la souveraineté du peuple et qui
la refusent pour les autres ; à ces monarchies qui ont regardé à tour de rôle la France et ses finances comme une

conquête, comme un vaste champ qu'elles ont fait produire au centuple pour leur seul bien ou pour celui de leur parti.

Quelle que soit la monarchie que vous rappeliez, vous ne ferez qu'un édifice qui péchera par la base si vous ne rappelez pas la vraie monarchie, la seule légitime. Un nouveau tour de scrutin dans 10 ans, 20 ans peut-être vous laissera aussi étonné et aussi embarrassé qu'aujourd'hui.

Mais si vous aimez la République, oh! soyez bon républicain, soyez dévoué à votre patrie, élevez vos enfants dans son amour; l'égoïsme envahit toutes les classes; profitons de l'expérience et apprenons le dévouement à l'école de nos malheurs. Soyons unis dans un même sentiment : l'amour de la France, et que notre conduite politique soit toujours française !

Je vous quitte, cher lecteur; je n'ai pas voulu faire une biographie, encore moins un panégyrique. Je n'ai eu qu'un but : vous dire la vérité sur un homme de bien que l'on avait calomnié auprès de vous. Du reste, je n'ai été qu'un faible écho des honnêtes gens qui connaissent M. Delord. Je ne suis point un écrivain à gages. A peine connu de l'exilé, j'ai pu écrire en toute liberté ce que je crois être la vérité. Je sais avec le poëte que

L'homme est de glace aux vérités
Et de feu pour le mensonge ;

mais si je n'ai pas atteint mon but, je puis me rendre ce

témoignage que j'ai parlé franchement et sans exagéra-
tion. J'ai été peut-être téméraire et je me suis exposé à
ne trouver aucun écho dans des âmes que le parti pris
endurcit, en voulant combattre des préjugés que les
passions politiques sont intéressées à défendre ; mais je
me rassure, car je sais qu'en parlant le langage de la
vérité et de la conviction, même aux plus aveuglés, on
remue toujours quelque fibre du cœur, et qu'au reste ne
fît-on que rendre témoignage à la vertu, que protester
contre le mensonge et la calomnie, c'est avoir fait une
bonne action, une action louable surtout dans un temps
« où nul homme, quelque chétif qu'il soit, n'est affran-
chi du devoir de rendre témoignage à sa croyance. » (1)

(1) Montalembert. — Œuv. II, p. 8. — Disc. sur la liberté d'enseignement.

RETOUR DE M. L. DELORD

EN FRANCE.

(Extrait de l'*Indépendant du Lot*, du 4 octobre 1870.)

Monsieur le Rédacteur,

Je vous envoie un petit compte-rendu de l'arrivée de M. Léopold Delord dans sa commune de Frayssinet-le-Gélat. Vous ne refuserez pas de mettre sous les yeux des bienveillants lecteurs de l'*Indépendant* ces quelques lignes, écrites en toute hâte, après la réception faite au plus sincère ami de l'ordre et de la liberté.

Une dépêche télégraphique envoyée à M. Édouard Pélissié, avocat à Puy-l'Évêque, annonçait l'arrivée de M. Léopold Delord, pour le 29 septembre, à trois heures du soir, à la gare de Monsempron-Libos. Dès que cette dépêche fut connue à Frayssinet, un roulement de tambour réunit tous les citoyens capables de porter les armes. Bien que la garde nationale ne soit point encore organisée, les communes de Frayssinet et de Goujounac mirent sur pied une centaine d'hommes armés, les uns de vieilles carabines, les autres de fusils de chasse. D'une voix unanime, on remit le commandement de la petite troupe à M. Baptiste Boussac, ancien sous-officier au 49ᵐᵉ de ligne, aujourd'hui négociant à Frayssinet.

Après quelques instants de préparation, les citoyens, anciens militaires pour la plupart, se mirent en marche

pour aller au-devant de M. Delord. Ils étaient précédés
d'une vingtaine de voitures qui devaient accompagner
notre cher exilé. Après une marche de cinq kilomètres,
les futurs gardes nationaux formèrent les faisceaux, attendant l'arrivée de la calèche qui devait porter M. Delord. Quel fut leur étonnement quand ils apprirent que
M. Delord avait manqué le train à Cette, je n'essayerai
pas de le décrire.

Rentrés à Frayssinet, les habitants de Frayssinet et
de Goujounac se promirent de se rendre de nouveau à
leur poste le lendemain 30 septembre. Un nouveau télé-
gramme avertit la famille de M. Delord qu'il arriverait
à Frayssinet vers les 10 heures du matin. Les citoyens
armés tinrent à honneur de se rendre, en plus grand
nombre encore, au-devant de M. Delord. La petite
troupe rencontra la calèche de famille qui le portait, à
un kilomètre de la petite ville de Frayssinet. M. le commandant de la garde nationale, monté sur un cheval,
s'avança au galop vers M. Delord; puis, donnant ses ordres à sa troupe, il mit pied à terre et lut, avec une émotion qu'il ne pouvait déguiser, les lignes suivantes :

« Monsieur Delord,

» Je ne viens pas vous faire un discours. La joie et le
» bonheur que nous cause votre retour ne sauraient se
» traduire par la parole. Je veux seulement, au nom des
» communes de Frayssinet et de Goujounac, rendre
» hommage à l'homme de cœur, à l'ami des pauvres et
» des malheureux, dont un pouvoir qui n'est, hélas !
» tombé que trop tard, a augmenté le nombre.
» Je veux enfin, Monsieur, saluer en vous le républi-
» cain sincère, ami de l'ordre, fidèle aujourd'hui, comme
» vous le fûtes toujours, aux grands principes de Li-

» berté, d'Égalité et de Fraternité, pour lesquels vous
» avez supporté vingt ans d'épreuves.

» Et s'il faut, Monsieur, rappeler ici les douloureuses
» souffrances de l'exil, ce n'est que pour vous dire que
» nous les partagions tous de cœur avec vous. Que ne
» nous a-t-il été donné non-seulement de les alléger,
» mais encore de les faire cesser à jamais !

» Mais pourquoi revenir à ces temps malheureux ?
» Aujourd'hui, la Liberté, dégagée des serres des ty-
» rans, a pris son essor et vous a rendu à vos conci-
» toyens, heureux de votre retour, et à toute une fa-
» mille, dont chaque membre est si digne de son chef
» vénéré !

» En finissant, laissez-moi vous dire, Monsieur, que
» vos concitoyens, pour vous prouver leur estime et leur
» dévouement, n'attendent qu'une occasion qui, ils l'es-
» pèrent, sera prochaine, dans laquelle tous sauront se
» montrer républicains sincères, dignes de vous, Mon-
» sieur, que nous prenons pour notre chef.

» Recevez donc, Monsieur, l'expression des sentiments
» de vos concitoyens, et soyez le bienvenu au milieu de
» nous !... »

M. Delord répondit à ce discours quelques paroles
nobles et pleines d'une émotion qui se trahissait sur son
noble visage. Un cri unanime de vive la France ! vive la
République ! vive M. Delord ! retentit de toutes parts ;
puis le cortége continua sa marche. Le noble exilé, ac-
compagné de M. le maire de Frayssinet, de M. Salat,
chirurgien-major, gendre de M. Delord, et de M. le
curé, s'avançait, appuyé sur le bras d'une de ses filles
émues jusqu'aux larmes.

La population de Frayssinet et des environs s'était
groupée sur la route de Pechfumat, résidence de M.
Delord. Sur son passage retentissaient les cris de : Vive
la République ! vive M. Delord !

Enfin, le cortége s'arrêta au fond de l'allée du château

du Pechfumat. Le commandant fit présenter les armes ;
M. Delord, saluant ses chers concitoyens, les remercia
pour la seconde fois de leur manifestation, déclara qu'il
rentrait en France pour remplir un devoir, comme le
soldat va à l'armée ; que tous en général et chacun en
particulier devaient concourir à la défense de la patrie
par tous les moyens : argent, forces, talents.

La République, continua l'orateur, sauvera la France
et réparera les fautes de l'empire ; à l'intérieur, la France
se relèvera de ses malheurs ; mais tant qu'un Prussien
souillera le sol de la patrie, n'ayons d'autre pensée que
de le chasser. Confiance en la République ! Elle compte
sur le patriotisme et sur le dévouement de tous ses enfants. Mais il faut que cette République soit non une
République de désordre et de pillage, mais une République d'ordre et de sage liberté !... Crions tous vive la
République !...

Aux paroles de l'orateur, on a répondu :

Vive la République !

Vive M. Delord !!

Et chacun s'est retiré, laissant cette noble et généreuse
famille jouir du bonheur si légitime de revoir un père si
digne de son affection. Dans la soirée, un arbre de la liberté
a été planté au Pechfumat en l'honneur de M. Delord.

Voilà quels hommes le césarisme a proscrits ! c'était
sur les têtes les plus vénérables et les plus illustres que
portaient ses coups ! Voilà cet homme de cœur, dont les
bienfaits ne seront jamais oubliés du département du
Lot, ni des communes de Frayssinet et de Goujounac

surtout ; voilà celui qu'aux élections dernières les esclaves du despote montraient aux yeux de nos populations comme un révolutionnaire, un *partageux!*

Maudits soyez-vous, vous tous qui flattiez le pouvoir et déchiriez à belles dents l'homme dont les sages délibérations à la chambre eussent donné une autre impulsion à notre malheureuse politique !

Que cette noble tête blanchie dans l'exil reçoive, avec nos respectueux hommages, l'assurance que les habitants du Lot sauront estimer à son prix le noble proscrit du 2 décembre !

Recevez, etc.   *Un de vos lecteurs.*

Frayssinet-le-Gélat, le 30 septembre 1870.

CIRCULAIRE DE M. LÉOPOLD DELORD.

ÉLECTEURS DU LOT,

Cinq mille voix accordées à mon nom, aux élections dernières, malgré mon séjour à l'étranger, malgré l'hostilité déclarée du Gouvernement, m'imposent, dans les circonstances terribles que nous traversons, le devoir de m'offrir à vos suffrages, alors qu'ils vont s'exprimer en toute liberté.

Je suis ce que je fus toujours : Républicain sincère et dévoué ; j'ai été proscrit pour mes convictions; elles restent les mêmes. Je n'ai qu'un seul désir, servir mon pays ; un seul but, conserver son honneur, et affermir la République.

LÉOPOLD DELORD.

Cahors, le 18 septembre 1870.

DUPONT et C.

www.ingramcontent.com/pod-product-compliance
Lightning Source LLC
Chambersburg PA
CBHW072258210626
46818CB00017B/1417